Eva Hierteis · Sarah Garbers

Paula Puderzucker

Weihnachten mit Zimt und Zauber

PENGUIN JUNIOR

FSC
www.fsc.org
MIX
Papier | Fördert gute Waldnutzung
FSC® C022120

Penguin Random House Verlagsgruppe
FSC® N001967

1. Auflage 2024

Text: Eva Hierteis
Lektorat: Linda Sturm
Illustrationen: Sarah Garbers
Umschlaggestaltung: Katrin Schüler
mk · Herstellung: UK
Satz und Reproduktion: Uhl + Massopust, Aalen
Druck: TBB, a.s., Banská Bystrica
ISBN 978-3-328-30180-6
Printed in Slovakia

www.penguin-junior.de

Inhalt

Willkommen im Brombeertal

Am eisigen Ende der Welt, im Land der Polarlichter, Rentiere, Schneehasen, heißen Quellen, Griesgrame und Feen, da lag das Brombeertal. Die Gipfel der Berge ringsherum waren selbst im Sommer von Schnee überzuckert und der Frühling kam erst spät im Jahr.

Höher als überall sonst rankten sich hier die Brombeeren, denen das Tal seinen Namen verdankte. Und ja, sie waren stachelig, aber sie trugen auch die dicksten, dunkelsten, süßesten Früchte, die man sich vorstellen kann. Im Frühling summten Bienen auf den Blüten, im Sommer und Herbst lag der Duft von Brombeeren in der Luft und von überall her hörte man es schmatzen, bis im Winter der Schnee alles mit seiner weißen Pracht zudeckte. Dann wurde es ruhig hier oben im hohen Norden und für viele begann der Winterschlaf.

Den Feen war all das Geschlummer ein Brombeerdorn im Auge. Sie waren voller Tatendrang. Kennt ihr das auch? Ihr wollt spielen und springen und rennen und etwas erzählen, aber die Erwachsenen machen nur ein Auge auf oder gar keins und können nur brummen statt reden? Genauso ist es mit vielen Tieren im Winter. Manche dösen die meiste Zeit über und werden dazwischen nur kurz wach und andere schlafen sogar *monate*lang.

Durchs Brombeertal jedoch wehte zur Winter-Weihnachts-Zeit ein Hauch von Magie und statt geschlafen wurde gekuschelt und gefeiert. Dafür sorgten die Feen.

Jahr für Jahr zogen ein paar von ihnen von Bau zu Höhle und von Kobel zu Nest und weckten all ihre Freunde auf.

Es war die Zeit der Heimlichkeiten, des Geschenkebastelns, Tuschelns und Kuschelns. Alle putzten noch einmal ihr Fell oder die Federn und machten sich fein. Sie hängten Girlanden aus Efeu, Stechpalmenbeeren, Hagebutten und Tannenzapfen an die Zweige der schönsten Bäume und die Feen verglitzerten alles mit ihren Zauberstäben. So war es, seit sie denken konnten, und so sollte es für immer bleiben.

Doch dieses Jahr kam alles anders. Statt der Kuschel-Wuschel-Heimlichkeiten-Zeit begann für einen Griesgram und eine kleine Fee ein großes Abenteuer in Eis und Schnee. Es startete mit einer bösen Überraschung und endete mit einer ganz und gar wunderbaren. Und dazwischen war auch ziemlich viel los, das könnt ihr mir glauben.

Kapitel 1
Paulas Herzenswunsch

Paula liebte ihr Feennest. Es war das beste, schönste, duftigste Bettchen der Welt und sie hatte darin die besten, schönsten, duftigsten Träume von Plätzchen und süßen Früchten.

Alle Feen schliefen in Nestern, aber das von Paula war besonders. Es war nicht aus Zweigen geflochten, sondern bestand aus silbern glänzendem Metall und war riesig. Nach dem Aufwachen blieb sie immer noch ein bisschen liegen und atmete den süßen Duft ein. Dann summte sie eine Weile vor sich hin und wackelte mit den Zehen oder schlug Purzelbäume um die sonderbare Säule, die in der Mitte des Nests emporwuchs.

Als Paula an diesem Morgen eine Zehe über den hohen Rand streckte, zog sie sie gleich wieder ein. »Brrr, ist das kalt«, murmelte sie und lauschte in die Stille. *Huch!* Es war sehr, sehr still. Der Klingende Wasserfall rauschte nicht. Und das konnte nur eines bedeuten …

Mit einem Satz hopste Paula aus dem Bett. »Ist es schon so weit? Ist es an der Zeit?«, trällerte sie. »O ja, o ja, o ja, Weihnachten ist bald schon da!«

Hastig schlabberte sie ein paar Löffelchen Honig, zog sich

richtig, richtig warm an und flog hinaus aus ihrem Feenhaus in den Zweigen der uralten Weide.

Sonst verbrachte sie wie alle Feen den Tag mit Singen und Flattern, damit, Blütenkränze zu flechten, mit den Eichhörnchen durch die Baumkronen zu flitzen und am See bei den Enten zu sitzen. Sie tanzte mit den Libellen um die Wette und schaukelte in den Zweigen der Weide, sonnte sich auf Seerosenblättern, setzte sich auf Pilze und sah ihnen beim Wachsen zu. So machte sie es tagein, tagaus. Es war ein schönes Leben. Ein Feenleben eben.

Heute jedoch hatte sich die ganze Feenschar unter dem Weidenbaum am See versammelt. Paulas beste Freunde Smörre und Wilma waren auch schon da und sahen zum Berghang empor, von dem sonst der Wasserfall ins Tal stürzte und sang und rauschte und klang. Stattdessen hingen dort nun lange, dicke Eiszapfen wie ein riesiger weißer Pferdeschweif. Wunderschön und majestätisch sah das aus. Die ganze Welt war glitzerig und still und starr, *so* kalt war es über Nacht geworden.

»Es ist an der Zeit«, sagte Alva, die älteste Fee. »Wer will dieses Jahr in die eisige Höhle hinter dem Wasserfall fliegen und die Zauberzimtsterne holen?«

Sofort schossen viele klitzekleine Finger in die Höhe und manch eine Fee flatterte noch dazu wild auf und ab, um auf sich aufmerksam zu machen.

Die drei waren so schnell, dass es den Schnee von den Zweigen der Büsche und Bäume wehte, und wann immer sie an jemandem vorbeizischten, sah derjenige nichts als eine verschwommene Glitzerspur oder einen Farbenwirbel. Nicht umsonst lautete ein altes Sprichwort im Brombeertal: »Siehst du mal verschwommen, ist eine Fee vorbeigekommen. Siehst du nur bunten Farbenbrei, waren es wohl zwei bis drei.«

So ließen die Freunde den Bau und den Baum des Griesgrams rasch hinter sich. Ihr Weg führte sie über schneebedeckte Hügel, Brombeerhecken und Vogelnester hinweg und über die Wipfel der Tannen, die sich die Hänge des Tals hinaufzogen.

So weit waren sie noch nie geflogen. Warum auch? An ihrem See fühlten die Feen sich flatterwohl. Dort gehörten sie hin. Dort kannten sie jeden Stein und jede Seerose, jeden Baum, jede Libelle, jeden Grashalm, jeden Frosch und jede Ente beim Namen. Das war ihre kleine Welt.

Flitzblitzschnell kam der eingefrorene Wasserfall näher. Schon ging es steil an der Felswand empor und es wurde mit jedem Meter kälter.

Vor dem Wasserfall hielten sie an.

»Zupf mich am Flügel!«, flüsterte Paula.

»Beim grimmigen Griesgram!«, hauchte Wilma.

Gebannt starrten die drei auf die gewaltigen Eiszapfen, die in der Sonne funkelten. Von Nahem waren sie noch viel beeindruckender, fast ein wenig Furcht einflößend.

Smörre räusperte sich. »Und jetzt? Wo ist denn die Höhle?«

»Wer suchet, der findet. So eine Höhle verschwindet ja nicht einfach«, meinte Paula.

Sie flog auf und ab, Wilma hin und her und Smörre flatterte kreuz und quer. Zum Glück waren die Eiszapfen durchsichtig wie Glas. So konnte man gut erkennen, was sich dahinter verbarg.

»Wir fliegen hin, wir fliegen her«, trällerte Paula. »Höhle finden ist nicht schwer … Äh, stimmt. Hierher!«, rief sie im nächsten Moment aufgeregt und zeigte mit ihrem Zauberstab auf eine dunkle Öffnung. »Da ist es.«

Zweifelnd betrachteten die Feen den Vorhang aus Eiszapfen. An denen konnte man sich übel die Flügel anschlagen und einen Flügelknick wollte nun wirklich keiner. Ab und zu fiel ein eiskalter Tropfen herunter und das war auch nicht ungefährlich, denn für eine Fee ist ein Wassertropfen ziemlich groß. Feenschnupfen wollte ebenfalls keiner.

Jetzt verstanden sie jedenfalls, warum man für diese Aufgabe nicht zu groß sein durfte: Zum Flattern war hier kein Platz.

Die Freunde nickten sich zu und atmeten tief durch. Dann legten sie die Flügel an und ließen sich abermals von ihren Zauberstäben führen. Diesmal ganz, ganz langsam.

Das Labyrinth aus Eis stellte ihre Flugkünste auf eine harte Probe. Vorsichtig umrundeten sie die riesigen Eiszapfen, die so eng hingen, dass sie gerade so hindurchpassten. Mehr als einmal mussten sie allerdings auch umkehren, wenn es wirklich kein Durchkommen gab, und sich einen neuen Weg suchen. Einmal wurde Smörre wirklich fast von einem riesigen Tropfen getroffen. Doch Paula zog ihn in letzter Sekunde zurück und der Tropfen rauschte an ihm vorbei.

Dann war es geschafft und sie standen in der Höhle. Stockdunkel war es hier drin. Im ersten Moment sahen die drei Feen – nichts. Im zweiten auch nicht viel mehr.

»Und jetzt?«, fragte Smörre und tastete nach Paulas Hand.

Paula drückte sie. »Zeit zu funkeln!«, sagte sie.

Kapitel 3
Ein schlimmer Schreck

Wilma und Smörre ließen ihre Zauberstäbe aufleuchten. Staunend sahen die Freunde sich um. Die eisigen Wände der Höhle glitzerten im sanften Schein, doch das Ende lag noch immer im Dunkeln. Von der Dose mit den Zauberzimtsternen war weit und breit nichts zu sehen.

»Beim grässlichen Griesgram!«, fluchte Wilma. »Und wo sind jetzt die Plätzchen?« Sie hatten eigentlich gedacht, die wären gleich am Eingang.

»Wer suchet, der findet. Eine Dose verschwindet ja auch nicht einfach so«, sagte Paula und bemühte sich, ihrer Stimme einen festen Klang zu geben. Sie steckte ihren Zauberstab in die Manteltasche und nahm auch Wilma an der Hand. »Kommt.«

Mit kleinen Schritten gingen die drei tiefer in die Höhle hinein. Und Feen können sehr, sehr kleine Schritte machen.

Smörre und Wilma leuchteten mit ihren Zauberstäben in alle Nischen und Ritzen. Der Schein der Zauberstäbe flackerte auf den Wänden und es war auf eine Weise still, wie sie es noch nie erlebt hatten.

Paula raschelte ein bisschen mit den Flügeln. *Rischelraschel!*

Sie raschelte ein bisschen mehr. Dann war sie wieder da, die unheimliche Stille, zäh und dunkel wie die Nacht.

Also beschloss Paula zu singen:

Zauberzimtsterne
suchen wir so gerne.
Wir lassen's uns nicht selber schmecken,
werden alle damit wecken.
Die werden sich die Mäulchen lecken!
Jetzt fällt mir nichts mehr ein,
doch lass das Singen ich nicht sein.
Ich sing den Paula-Mutgesang,
weil der die Angst vertreiben kann.
Hilft gegen Bammel jeder Sorte
mehr als tausend kluge Worte.

Paula sang nicht gut, aber dafür gern. Das Echo warf ihre Stimme zurück, als würden zwei Paulas singen, und das klang so schief, dass sie lachen mussten. Durch das Echo lachte die Höhle mit und das klang wiederum, als würde ein ganzes Feenvolk lachen, und gab ihnen tatsächlich neuen Mut.

Lange tapsten sie durch die Kälte und Finsternis – bis vor ihnen etwas glänzte. Es war eine große rote Dose mit silbernen Sternen drauf.

Endlich! Jubelnd stürmten die drei Feen darauf zu. Sie waren schon *so* gespannt! Wie die Zauberzimtsterne wohl aussahen? Und vor allem, wie sie wohl rochen?

Paula zerrte am Deckel. Er klemmte. Wilma und Smörre legten ihre Zauberstäbe weg und halfen mit. Und da gab er nach.

Ein zauberhafter Duft stieg aus der Dose, der ihnen das Wasser im Mund zusammenlaufen und ihre Flügelspitzen beben ließ.

Die Freunde streckten die Hände aus und tasteten in der Dunkelheit in der Dose herum. Sie tasteten hin und tasteten her. Doch alles, was sie fanden, waren die Hände der anderen. Einen kurzen Moment hing der Zauberzimtsterne-Duft noch in der Luft, dann war er verpufft.

Wilma nahm ihren Zauberstab und leuchtete hinein.

Die Dose war leer!

Kapitel 4
Ein Zauberstab macht Faxen

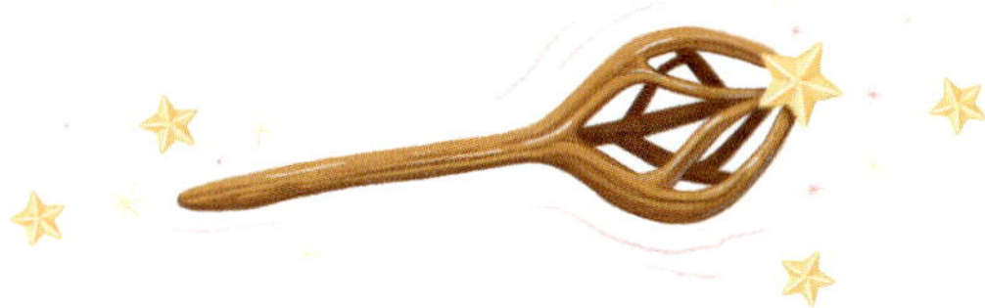

Die drei Feen sahen sich erschrocken an und wieder in die Dose und wieder sich und wieder in die Dose und wieder sich.

»Und jetzt?«, fragte Smörre. Das fragte er in letzter Zeit ungewöhnlich oft.

Paula zuckte mit den Schultern. »Hilft ja nichts. Dann gehen wir eben wieder.«

»Ohne Zauberzimtsterne?«

»Es sind nun mal keine mehr da«, seufzte Wilma. »Wir können sie ja nicht herzaubern.«

An dieser Stelle muss ich vielleicht erklären, was Feen zaubern können, denn *natürlich* können sie zaubern – wofür hat man sonst einen Zauberstab? Aber sie können eben nur Feensachen damit machen: Feenflitz, Dinge verglitzern und im Dunkeln funkeln. Manche Zauberstäbe haben zusätzlich noch etwas Besonderes drauf, andere nicht. Zimtsterne kann allerdings keiner herzaubern.

»Die alten Feen werden schon wissen, was zu tun ist«, sagte Paula und legte Smörre einen Arm um die Schulter. »Na kommt.«

Sie wollte losfliegen, doch ihr Zauberstab ruckte und zuckte. Und dann zog er sie einfach zurück zur Dose und gab das seltsame Geräusch von sich, das er manchmal machte. *Röhrrrr*, knurrte er wie der Bauch eines Griesgrams, wenn er Hunger hat – oder noch schlimmer: wie ein schnarchender Griesgram.

»Alles in Ordnung?«, rief Wilma, die schon vorausgeflattert war.

»Mein Zauberstab macht Faxen.« Paula schüttelte ein bisschen den Kopf über den Zauberstab und dann schüttelte sie den Zauberstab auch ein bisschen und wollte wieder starten. Doch er zog sie abermals zurück zur Dose. Und dann tat er etwas sehr, sehr Seltsames: Er drehte sich in ihrer Hand im Kreis und als sie ihn fester packte, riss er sie von den Füßen und wirbelte sie um die eigene Achse.

»He!«, schimpfte Paula. »Was soll das?«

Daraufhin hörte er zwar auf, aber nun klopfte er mit seiner Spitze gegen die Dose, dass es unheimlich durch die Höhle hallte.

Smörre hielt sich die Ohren zu. »Jetzt ist nicht der richtige Zeitpunkt, um Trommel zu spielen, Paula«, sagte er.

Der Stab schlug wieder auf das Blech. Lauter diesmal: *Tock-tock-TOCK!*

Und da begriff Paula endlich. »Du meinst, wir sollen die Dose mitnehmen?«, fragte sie.

Der Zauberstab nickte, sofern man ohne Kopf nicken kann.

»Wir nehmen die Plätzchendose mit«, beschloss Paula. »Pack mal mit an, Smörre!«

»Was sollen wir denn damit?«, murrte Smörre.

Paula zuckte die Flügel. »Keine Ahnung. Mein Zauberstab hat es sich in den Kopf, äh, in die Spitze gesetzt.«

Die Plätzchendose war zwar unhandlich, aber zum Glück nicht schwer, und so flogen sie zusammen los.

Am Ausgang der Höhle landeten sie neben Wilma und blinzelten durch die Eiszapfen in die Helligkeit.

»Und wie kommen wir mit der Dose hier durch?«, fragte Smörre und sprach damit aus, was alle dachten.

»Hm«, machte Wilma.

»Hm«, machte Paula.

Rrrrröhrrr, machte ihr Zauberstab.

Er schwebte los und flog im Zickzack durch das Eiszapfenlabyrinth, als würde er einen Weg suchen. Dann hielt er vor einem besonders dicken Exemplar inne und stupste es an. Er stupste stärker, stellte sich quer – und bohrte sich hinein!

Aus allen Richtungen bohrte er immer wieder. Wild wirbelte er im Kreis und röhrte laut dazu. Bis der Eiszapfen abbrach. *Wuschhh*, rauschte er in die Tiefe. Und auf einmal war ein Weg frei. Allerdings ging er senkrecht nach unten.

Der Zauberstab machte ihnen ein Zeichen, ihm zu folgen.

Paula, Smörre und Wilma lugten hinab. Puh, war das tief! Für winzige Feen ist schon der Blick von einer Menschentischkante schwindelerregend. Aber einen anderen Weg gab es nicht.

Also packten die Freunde die Dose, holten tief Luft und sprangen.

»Ahhh« und »Ohhh« und »Oh-ah« kreischten sie zwischen Angst und Vergnügen, während sie nach unten rasten.

Kapitel 5
Von wegen leer!

Eine ganze Weile sausten die drei mit der Plätzchendose zwischen sich in die Tiefe. Am liebsten hätten sie die Augen zugekniffen, aber sie mussten ja aufpassen. Als sie die Eiszapfen hinter sich gelassen hatten, begannen sie, wie wild mit den Flügeln zu flattern, um abzubremsen, und machten sich dann auf den Heimweg.

»Wieso habt ihr gleich die ganze Dose mitgebracht?«, riefen die anderen Feen Paula, Smörre und Wilma entgegen, als sie damit an den See zurückkehrten.

Mit einem leisen Scheppern setzten sie die Plätzchendose ab. Es war doch anstrengend gewesen, so weit damit zu fliegen.

»Weil …«, japste Paula und öffnete mit Wilmas Hilfe den Deckel.

Die anderen drängten sich darum. Dann japsten auch sie. »Die ist ja leer! Was? Nichts mehr drin? Wie kann das sein?«, riefen sie durcheinander. Wie zuvor Paula, Smörre und Wilma warfen sie sich entsetzte Blicke zu. Zwei jüngere Feen fingen an zu weinen. Immerhin ging es um das Weihnachtsfest und um ihre Freunde.

Alva räusperte sich. »Na ja, jeder Vorrat geht einmal zu Ende«, erklärte sie mit belegter Stimme. Sie hatte es befürchtet. Hatte es in den Flügeln gespürt.

»Können wir die Tiere nicht einfach so wecken?«, fragte eine junge Fee namens Freja. »Ohne Zauberzimtsterne? Zum Beispiel mit einem Funkenwirbel?«

Die alte Fee schüttelte den Kopf. »Das wird nicht funktionieren.«

»Oder können wir selbst irgendwie Zauberzimtsterne … *machen*?«, schaltete sich Alberich ein. »Basteln oder so?«

Alva wiegte den Kopf hin und her. »Das nennt man *Backen*.«

Smörre legte die Hände an seine Wangen. »Was ist mit unseren Backen?«, fragte er verwirrt.

»Mit euren Backen ist alles gut.« Alva lächelte und kniff ihn in die Wange. »Backen ist ein bisschen wie Kochen. Nur süßer und noch leckerer.«

Smörre bekam große Augen. »Und wie geht das?«

Alvas Lächeln erlosch. »Woher soll ich das wissen? Ich kann nicht backen. Nur essen.«

Es wurde still unter dem Feenbaum. Fast so still wie in der Eishöhle. Das ist eine echte Seltenheit bei Feen und will schon was heißen. Nur der Wind raschelte ganz sanft in den Zweigen der Weide.

Und noch etwas raschelte.

Paula drehte sich um. Hinter ihr saß die klitzekleine Fee Eni. Sie war in den Deckel der Dose gekrabbelt und zupfte

Alle sahen Alva an.

»Schaut mich nicht so an«, gab sie zurück. »Ich weiß auch nicht alles. So alt bin ich nun auch wieder nicht.«

Die Feen ließen die Flügel hängen. Wenn Alva es nicht wusste, wer dann?

»Ist noch irgendjemand älter hier?«, fragte Paula.

Alva wiegte den Kopf hin und her. »Bei uns Feen nicht. Vielleicht ein Tier?«

Sie überlegten.

Paula zupfte nachdenklich an einem Zweig der Weide.

»Der alte Kauz?«, meinte ein Feeerich namens Wilbur.

»Nein.« Alva warf ihr langes schwarzes Haar zurück. »Der ist jünger als ich. Auch wenn es nicht so aussieht.«

»Matschilda! Die Schildkröte! Die ist so alt wie der Wald!«, rief Alberich plötzlich. Er blickte über den See, wo von einer heißen Quelle Dampf aufstieg. Dort lebte Matschilda. »Sie hat mehr Sommer gesehen als jeder sonst hier. Und mehr Frühlinge und mehr Herbste und mehr Winter!«

»Ja, ja, schon gut«, murmelte Paula und verdrehte die Augen. »Wir haben es verstanden.«

Aber sie musste zugeben, dass sein Vorschlag gut war. Sehr gut sogar. Ein Hoffnungsschimmer blitzte in ihr auf, hell und funkelig wie Alberichs Zauberstab.

Kapitel 7

Manche Steine haben Beine!

Matschilda war steinalt. Und wenn sie den Kopf und die Beine eingezogen hatte, sah sie auch aus wie ein Stein. Deshalb war sie schwer zu finden. Vor allem, weil sie sich kaum bewegte, sondern fast immer schlief. Nicht nur nachts, sondern auch tagsüber meistens und im Winter sowieso, wenn sie nicht gar in Kältestarre fiel. Das verhinderte jedoch normalerweise die heiße Quelle, an der sie wohnte. Hier war der Boden nie gefroren, sondern immer schön matschig.

»Matschilda! Wo bist du?«, riefen die Feen. »Komm raus aus deinem Panzer!«

Im Schlamm war die Schildkröte doppelt schwer zu entdecken. Also klopften die Feen an allen halbwegs flachen runden Steinen und warteten, ob ein Kopf und Beine darunter erschienen. Ein paar stocherten sogar mit spitzen Fingern im Matsch herum und quiekten ein bisschen *»Ihh!«* dazu. Ab und zu machte es *blubb* und eine Schlammblase platzte und dann quiekten die Feen noch mehr.

Pock. Klock. Tock-tock!, klopften auch Paula, Wilma und Smörre, bis ihnen die Fingerknöchel wehtaten.

Schließlich ließ Paula sich auf einem Stein nieder. »Puh«, seufzte sie. »Das gibt's doch nicht. Sie muss doch hier irgendwo sein.«

Wilma und Smörre setzten sich neben sie.

»Was machen wir, wenn wir sie nicht finden?«, fragte Smörre mürrisch und betrachtete den Dreck unter seinen Fingernägeln.

Wilma zuckte mit den Schultern und ihre Flügel gingen mit auf und ab.

»Runter. Von. Meinem … Panzer!«, krächzte eine Stimme unter ihnen.

Die drei sprangen auf. Langsam wie Gletschereis schob sich ein Kopf unter dem Panzer hervor, den sie für einen Stein gehalten hatten. Matschilda blinzelte. Dabei ließ sie immer mehrere Atemzüge lang die Augen zu, bis man schon dachte, sie wäre wieder eingeschlafen. Doch dann öffnete sie wieder ein Auge, zumindest halb, und sah die Feen an.

Schnell berichteten sie ihr, was geschehen war, damit sie nicht mittendrin wirklich einschlief, und Alva las ihr den geheimnisvollen Brief vor, den sie in der Dose gefunden hatten. Als sie fertig war, öffnete Matschilda auch das zweite Auge und den Mund.

Alle sahen sie erwartungsvoll an.

Es dauerte.

Kapitel 9
Wums und rums!

Erinnert ihr euch noch an den Griesgram von der Wackelweide? Jetzt ist es endlich so weit: Griesgram-Zeit!

Griesgrame sind selten. Zum Glück, fanden die Feen. Im ganzen Brombeertal wohnte genau einer. Und sie sind leicht zu finden. Man muss nur den Ohren und der Nase nach, denn sie schnarchen zum Davonfliegen laut. Und das mit der Nase werdet ihr auch gleich verstehen …

»Das stinkt hier wie ein Stinktier!«, maulte Smörre. Wilma hielt sich die Nase zu und atmete durch den Mund. In der Tat müffelte es schon vor dem Griesgrambau ziemlich übel.

Paula sah auf das riesige Erdloch, aus dem ein grausiges Grollen drang. Sie schluckte. »Muss ich da wirklich rein? Und noch dazu allein?«

Smörre nickte betreten. »Es hieß ja: Backen kann man nur zu zweit. Nicht zu dreit.«

»Zu dreit gibt es nicht«, sagte Paula.

»Siehst du«, sagte er.

Wilma umarmte Paula. »Denk an Weihnachten«, sagte sie.

»Genau. Denk an unsere Freunde«, ergänzte Smörre und umarmte mit. »Und ans Wärmen, Wuscheln und Kuscheln.«

»Wärmen, wuscheln und kuscheln«, sagte Paula leise vor sich hin.

Dann machte sie den ersten Schritt in den Griesgrambau hinein. Und noch einen und noch einen.

Ihr wisst ja, was für kleine Schritte Feen machen können. Trotzdem wurde mit jedem noch so winzigen Schritt das Schnarchen viel, viel lauter und hätte es locker mit dem Rauschen des Klingenden Wasserfalls bei der Schneeschmelze aufgenommen. *SCHRRRÜTZI-PFÜÜÜ! GRÜTZI-GRRRRÜÜÜ!*

Der Gang führte tiefer hinab, machte eine Kurve und dann … stand Paula vor einer großen, schlafschnarchenden Fellkugel. Aus all dem Pelz ragten nur zwei breite Füße heraus. Mehr war im Dämmerlicht nicht zu erkennen. Es roch nach feuchter Erde und Regenwurmpups und der Luftschwall, der Paula entgegenschlug, riss sie fast von den Füßen.

Eines war klar: Wenn Paula den Griesgram aufwecken wollte, dann flitziblitzi, denn dieser Lärm ging ihr durch Mark und Flügel.

Nun ist es aber so: Griesgrame zu finden, ist nicht schwer, sie zu wecken, dagegen sehr.

Paula tat alles, was ihr in den Sinn kam:

Sie rief – er schlief.

Sie schrie, so laut eine Fee eben kann.

Sie ließ ihren Zauberstab röhren.

Sie stemmte sich gegen den Schnarchsturm und schüttelte und rüttelte den Griesgram.

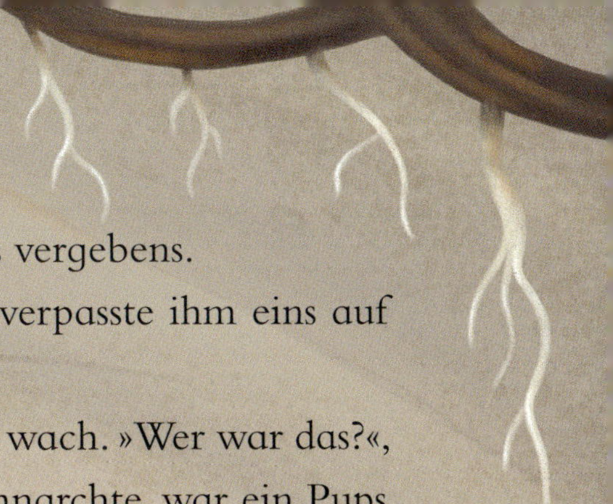

Sie hielt ihm sogar die Nase zu. Alles vergebens.

Da riss ihr Zauberstab sich los und verpasste ihm eins auf den Kopf. *KLOPF-KLOPF!*

»*GRRRR!*« Jetzt war der Griesgram wach. »Wer war das?«, donnerte er. Nun, da er nicht mehr schnarchte, war ein Pups zu hören. Er fuhr hoch und knallte – wums! – gegen die Decke. Also, der Griesgram, nicht der Pups.

Paula stolperte zurück und fächelte sich Luft zu. »Musst du mich so erschrecken?«

»Musst du mich wecken?«, fragte der Griesgram zurück und rieb sich die Stirn.

Paula nickte. »Ja, muss ich. Leider. Matschilda schickt mich. Ich brauche dich zum Backen.«

Er griff sich ins Fell, irgendwo, wo sein Gesicht sein musste. »Was ist mit meinen Backen?«

Paula verdrehte die Augen. »Weißt du denn gar nichts?«, sagte sie. »Backen ist wie Kochen. Nur süßer und noch lecke-

rer. Wir brauchen nämlich Zauberzimtsterne, um die Winterschläfer an Weihnachten zu wecken.«

Der Griesgram horchte auf. Die sagenumwobenen Zauberzimtsterne? Die hatte er schon immer mal probieren wollen. Ihm lief das Wasser im Mund zusammen und er sabberte ein bisschen. Aber sie waren ja nicht für ihn …

»Das juckt mich nicht«, brüllte er und kratzte sich ausführlich.

Nicht zu fassen, jetzt musste Paula diesen Flegel auch noch überreden. Dabei sollte er froh sein, dass sie als Fee sich mit ihm abgab! »Aber mich juckt es«, sagte Paula und lächelte zuckersüß. »Es ist mir sogar *sehr* wichtig. Bitte.«

Es ist schwer, einer Fee eine Bitte abzuschlagen, wenn sie so süß lächelt. Das schaffte nicht mal der Griesgram, obwohl er sehr, sehr, sehr griesgrämig war.

»Na gut«, brüllte er.

Paula verzog das Gesicht. Dann hellte sich ihre Miene plötzlich auf. »Guck mal, da! Das müssen die Wolfszahnfelsen sein«, quiekte sie. Aufgeregt fuchtelte sie dem Griesgram mit ihrem Zauberstab vor der Nase herum und deutete auf zwei Felsen, die links und rechts des Baches aufragten und so spitz waren, dass nicht einmal Schnee darauf liegen blieb. »Wahnsinn!« Paula schlug einen Purzelbaum in der Luft. »Die sehen ja wirklich aus wie Fangzähne, oder was sagst du? Und …«

Der Griesgram wedelte sie mit seiner Pfote weg. »Jetzt halt doch mal still, Fee, damit ich was sehen kann!«

»Ich heiße Paula«, sagte Paula. »Und lass das gefälligst, du Griesgram.«

»Ich heiße Gruffel«, sagte Gruffel. »Und ich wedle, so viel ich will.«

Paula schob beleidigt die Unterlippe vor und sah sich um. Eigentlich musste die Bäckerei gleich kommen. Doch vor ihnen lagen nur schneebedeckte Hügel, zwischen denen sich der Bach schlängelte. Immer wieder saßen große Steine in

seinem Bett und am Ufer schwankte Schilfgras im Wind. Von einem Haus war weit und breit nichts zu sehen. Das einzig Hohe hier waren Weiden, die sich übers Ufer beugten, und die Brombeerhecken. An einer Stelle wucherten sie fast so hoch wie Paulas Feenbaum.

Kurz darauf beschrieb der Bach eine große Schleife, es ging an einer Biberburg vorbei – und dann standen sie plötzlich vor der großen Eiche, in die der Blitz eingeschlagen hatte. Ihr Stamm war in der Mitte gespalten und ganz dunkel.

»Äh«, piepste Paula. »Das ist schlecht. Jetzt sind wir zu weit.«

»Ich dachte, wir *müssen* zu zweit sein«, sagte Gruffel, der nicht richtig hingehört hatte.

»Zu *weit*«, verbesserte Paula ihn. »Hast du was auf den Ohren, Griesgram?«

»Ich heiße Gruffel. Und ja, ich habe jede Menge auf den Ohren: Fell nämlich.«

Diesmal hörte Paula ihm nicht zu. Sie drehte sich mehrmals um die eigene Achse. »Das verstehe ich nicht. Vielleicht gibt es ja noch mehr Bäume, in die der Blitz eingeschlagen hat. Gucken wir noch ein Stück weiter.«

»Papperlapüpp, Brombeergestrüpp!«, sagte Gruffel. »Da kommt nichts mehr.« Aber dann ging er doch ganz artig mit.

Doch da kam nichts mehr. Also drehten sie wieder um.

»Wie kann das sein, dass wir daran vorbeigelaufen sind?«, murmelte Paula.

»Vielleicht hast du bei Matschilda nicht richtig aufgepasst«, murmelte Gruffel. »Wenn man selbst ständig am Plappern ist …«

»Papperlapüpp, Brombeergestrüpp«, sagte diesmal Paula. »Ein Haus kann doch nicht einfach verschwinden. Das müssen wir doch finden. Wir müssen einfach noch genauer schauen.«

Also trapsten und flogen sie zurück, bis vor ihnen in der tief stehenden Nachmittagssonne wieder die Wolfszahnfelsen aufleuchteten.

»Aber da war nichts«, sagte Paula ratlos. »Außer dem Bach und Bäumen und einem haushohen Brombeergestrüpp.«

Gruffel wurde langsam sehr, sehr griesgrämig. »Dann hat sich die alte Schildkröte eben geirrt. Ich gehe wieder heim.« Er hatte Hunger und sein Bauch knurrte mit seiner Stimme um die Wette.

»Nein!« Paula baute sich in der Luft vor ihm auf und stemmte die Hände in die Hüften. Ihr Zauberstab röhrte.

»Wie oft sollen wir denn deiner Meinung nach noch hin- und herlaufen?«, grummelte Gruffel.

»Fliegen«, sagte Paula.

»Laufen. Fliegen. Pupsegal«, sagte Gruffel und pupste.

»Bis wir die Zauberbäckerei gefunden haben«, erklärte Paula. Sie setzte ihr süßestes Lächeln auf, was sie einiges an Anstrengung kostete, und machte kehrt. »Biiiitte.«

Gruffel seufzte und trabte einmal mehr hinter ihr her.

Diesmal klopfte Paula an der Biberburg, bis eine schwarze Schnauze erschien. »Hallo, lieber Biber«, sagte sie. »Weißt du, wo hier die Zauberbäckerei ist?«

Der Biber schüttelte den Kopf. »Wir wohnen schon lange hier, länger als jedes andere Tier. Aber eine Bäckerei kenne ich nicht. Tut mir leid.«

Als Nächstes winkte Paula die Enten im Schilf heran.

»Noch nie von einer Zauberbäckerei gehört«, schnatterten sie.

Paula seufzte und flog weiter. Lustlos kickte Gruffel mit seinen großen Tapsfüßen Steine und Tannenzapfen und alles weg, was ihm in den Weg kam.

Plönk, knallte ein Stein gegen einen Baumstamm.

Wums, prallte ein Tannenzapfen gegen einen Felsen im Bach.

Fump, verschwand einer im tiefen Schnee.

Klirr, rauschte ein Stein in das besonders riesige Brombeergestrüpp.

Klirr? Der Griesgram und die Fee hielten inne.

»Brombeeren klirren nicht«, sagte Paula.

Gruffel nickte. »Eis klirrt. Oder Fensterscheiben.« Da waren sie sich zur Abwechslung mal einig.

Der Griesgram ging näher heran. Er rüttelte und schüttelte den Schnee von ein paar Ranken, bog sie beiseite und die zwei lugten hindurch.

Da! Durchs Gestrüpp leuchtete etwas. Es war dunkelrot wie Brombeeren. Nur, dass gar keine Brombeerzeit war.

»Zupf mich am Flügel!«, hauchte Paula. »Ich glaube, wir haben die Bäckerei gefunden!«

Kapitel 11
Rettung auf zwölf Pfoten

Paula und Gruffel hatten die Zauberbäckerei gefunden und das war einfach wunderbar! Sie war von Schnee überzuckert, von der Sonne vergoldet und komplett von Brombeeren überwuchert. Letzteres war weniger wunderbar. Schön zwar, aber irgendwie unpraktisch, wenn man hineinwollte.

Die Fee und der Griesgram sahen sich an.

»Du kommst da vielleicht durch, aber ich nicht«, sagte Gruffel.

Paula schüttelte den Kopf. Der Kerl wusste aber auch gar nichts über Feen. Mit so feinen Flügeln musste man sehr, sehr vorsichtig sein.

»Vielleicht haben wir ja Glück und es gibt noch einen anderen Eingang«, meinte sie und flatterte einmal drum herum. Doch gleich darauf kehrte sie kopfschüttelnd zurück.

»Tja, dann bleibt uns nichts anderes übrig. Dann müssen wir wohl oder übel die Bäckerei von den Ranken befreien«, brummelte Gruffel.

»Wir?« Paula lächelte milde. Also echt! Der hatte wirklich

überhaupt keine Ahnung von Feen. »Nein«, sagte sie. »Das ist was für Griesgrampfoten.«

Gruffel schüttelte den Kopf. »Nein, das ist was für Feenzauberstäbe. Ich lass mich nämlich auch nicht gerne piksen.«

Diesmal schüttelte Paula den Kopf. »So was kann mein Zauberstab nicht.«

»Was?«, grollte Gruffel. »Der kann nicht mal ein paar Brombeeren wegzaubern?«

Paula wurde unter ihrer Mütze feuerrot und ihr Zauberstab gab ein lautes *Röhrrrr* von sich. Das brachte sie auf eine Idee. »Du schnarchst doch, dass die Bäume wackeln. Da müsste es doch ein Leichtes für dich sein, so läppische Ranken kleinzukriegen.«

Der Griesgram grinste. »Ich soll schnarchen? Nichts leichter als das.«

Sogleich begann er, Schnarchlaute von sich zu geben, so laut, dass es nicht nur jeder Fee, sondern auch jeder Brombeerranke graute. Der Luftstrom war stark wie ein Sturm und die Ranken bogen und krümmten sich. Doch sobald er aufhörte zu schnarchen, schnalzten sie immer wieder zurück.

»So wird das nichts«, seufzte Paula.

Zum Glück tauchten in diesem Moment der Biber und zwei Eichhörnchen auf.

»Was ist das hier für ein Lärm?«, beschwerten sich die Eichhörnchen. »Wie sollen wir da schlafen!«

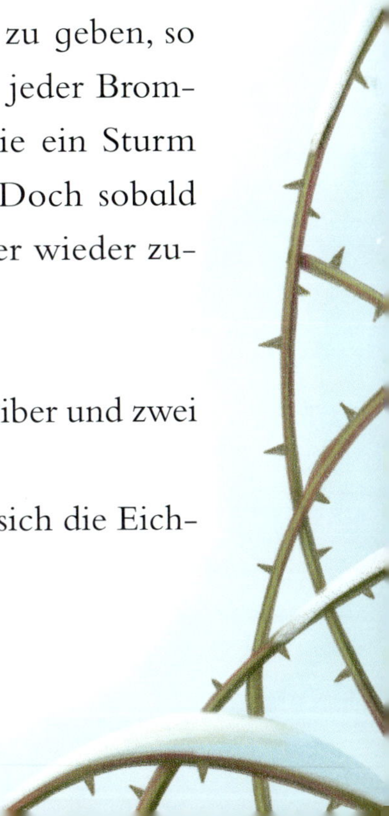

Der Biber zuckte empört mit der Schnauze. »Und bei uns wackelt die ganze Biberburg!«

Paula strahlte. »Ihr kommt wie gerufen!«, verkündete sie und zeigte auf die Brombeerhecke. »Wir müssen da durch. Dahinter verbirgt sich die Zauberbäckerei. Packt mal mit an, dann kann der Griesgram drinnen weiterschnarchen.« Sie lächelte lieb und wie ihr wisst, kann dem Lächeln und der süßen Stimme einer Fee kaum jemand widerstehen.

Während der Biber kurzerhand den Weg freinagte, kletterten die Eichhörnchen auf die Brombeerranken und wippten darauf, bis diese sich unter ihrem Gewicht nach unten bogen, und verflochten sie dann ineinander. Sehr schön sah das aus, wie dicke, stachelige Dornröschenzöpfe.

Andererseits: Ohne Zutaten konnten sie ja wirklich nicht backen. Also schimpfte sie noch ein wenig vor sich hin und zauberte ihm weitere Schleifchen ins Fell. Bis zum Morgen wäre der Zauber ohnehin verflogen.

Eine Weile schob sie ihre kalten Füße noch heimlich in Gruffels warmen Pelz, bis ein Muffelpups sie vertrieb. Dann suchte sie sich eine schöne Backform und deckte sich mit einem Topflappen zu.

Es war ein langer, aufregender Tag gewesen und jetzt war die kleine Fee sehr müde. Trotzdem konnte sie nicht gleich einschlafen, denn nun begann Gruffel zu schnarchen. Außerdem vermisste sie ihre Hütte, ihren Baum und ihre Freunde. Sie seufzte. Blieb nur zu hoffen, dass die Zutaten wirklich über Nacht kamen.

Als auch Paula endlich schlief, drang aus den Wänden und Ritzen der Zauberbäckerei ein vielstimmiges, leises Raunen. »Was für Streithähne!«, murmelte jemand, »Oje«, jemand anders und eine dritte Stimme wisperte: »Ob das was wird?«

Wir mit unseren großen Menschenohren hätten das gar nicht hören können, so leise war es. Und ebenso schleicheleise wuselten winzige Füße los und in die Nacht hinaus.

Kapitel 13
Jede Menge Gegacker

Als sich der erste Sonnenstrahl durch das Fenster hereinstahl und sie an der Nase kitzelte, war Paula sofort hellwach. Sie streckte die Füße aus der Backform und stupste mit der großen Zehe gegen etwas Weiches.

Sofort sprang sie auf. Tatsächlich: Neben ihrem Feennest waren die verschiedensten Zutaten aufgereiht.

Paula warf einen Blick auf den schlafenden Griesgram. Sollte sie ihn wecken? Andererseits hatte sie wenig Lust auf seine Gruffellaune.

Stattdessen steckte sie den Finger in all die Häufchen, Schüsseln, Gläser und Leinensäckchen, um zu probieren: Mehl war da, Kristallzucker, Puderzucker, Nüsse, Salz, Vanille und Zimt. Beim Zimt hätte Paula fast geniest, als sie in das Gläschen schnupperte, und sie schraubte hastig den Deckel wieder darauf.

Das war gerade noch mal gut gegangen. Sie lächelte. Der Zimt musste die Zauberzutat sein. Ihr fragt euch, woher Paula das wusste? Es hieß doch bestimmt nicht ohne Grund

*Zauberzimt*Sterne, oder? Und da der Zimt auch so zauberhaft und intensiv roch, war sie sich nun ganz sicher.

Voller Tatendrang krempelte sie die Ärmel hoch und steckte die Nase ins Backbuch. »Heute wird gebacken«, trällerte sie leise vor sich hin. Dumm nur, dass noch die Eier fehlten, fiel ihr auf, als sie das Rezept durchlas. Und das Rührgerät ebenfalls. Jetzt bei Tageslicht war es sicher leichter zu finden.

Sie machte einen Rundflug durch die Bäckerei. Von einem Rührgerät war weit und breit nichts zu sehen. Dafür entdeckte sie jedoch in einer Ecke hinter dem Ofen eine schmale Hintertür, die sie am Vorabend im Halbdunkel völlig übersehen hatten.

Paula zwängte sich unter dem Türspalt durch und fand sich auf einem kleinen Hinterhof wieder. In einer Nische an der Hauswand sah sie mehrere Nester. Und in den Nestern lagen Eier. Schön waren sie und ziemlich groß, fand Paula.

In einem der Nester saß eine Henne und guckte Paula mit schief gelegtem Kopf an. Die anderen Hühner pickten und scharrten auf dem Boden herum.

Paula räusperte sich. »Hallo Hühner«, sagte sie. »Toll, dass ihr so hübsche Eier für uns legt. Wärt ihr so lieb und kullert sie für mich in die Backstube?«

»Gaaak«, machten die Hühner und pickten weiter.

»Äh … Kein Problem«, sagte Paula verwundert. »Ich kann sie auch selbst kullern.« Sie flog näher heran.

Gruffel sah Paula an. »Mach’s doch selber, wenn du alles besser weißt.«

»Hö, nücht bocken, ühr sollt doch backen!«, meldete sich die blecherne Stimme erneut zu Wort.

Die beiden sahen sich erst an und dann um. »Wer spricht da?«, riefen sie.

»Na, öch, dü Röhrschössel, ühr Dössel!«

Paula und Gruffel starrten die Schüssel an. Einen Mund hatte sie nicht. Sprechen konnte sie trotzdem. Langsam wunderte sie nichts mehr – die Zutaten, die über Nacht wie von Geisterhand kamen, der erkältete Kühlschrank, eine sprechende Rührschüssel … Die Bäckerei schien über weit mehr Magie zu verfügen als Paula. Aber es war ja auch eine Zauberbäckerei.

»Dö mösst bösser röhren«, sagte die Schüssel und rülpste.

»Wie denn?« Der Griesgram fuhrwerkte mit seinem Löffel herum. »Müt möhr Geföhl, nücht so eun Gewöhl. Schön üm Kreus höröm.«

»Du bist doch eine Rührschüssel, kannst du nicht selber rühren?«, fragte Paula.

»Nö, öch kann nör rölpsen. *Bööööörp!* Nöhmt doch eun rüchtüges Röhrgöröt!«, fügte die Schüssel hinzu.

»Hier ist aber keins«, sagte Paula. »Ich habe schon überall gesucht.«

»Söhr wötzig.« Die Rührschüssel kicherte scheppernd. »Da lügt doch euns!«

Paula guckte sie verwirrt an. »Wie? Wer lügt da? Ich habe *wirklich* überall gesucht.«

»*Liegt* meint sie«, verbesserte Gruffel die Fee. Sein Blick fiel auf Paulas Zauberstab auf dem Tisch. Im nächsten Augenblick schnappte er ihn sich.

»Halt!«, rief Paula und griff nach dem Stab. »Gib her, das ist meiner!«

Gruffel hielt ihn fest. »Ich brauche ihn aber zum Rühren.«

Die beiden zerrten hin und her. Gruffel war stärker und tunkte den Stab mit der Spitze in den Teig ein, doch Paula weigerte sich immer noch, ihn loszulassen.

»He, lass das«, rief sie. »Das ist ein Zauberstab und kein Rührge–«

In diesem Moment röhrte der Stab laut auf und begann sich zu drehen. Und wie! Vor Schreck ließen beide ihn los.

Und da geschah es: Der Stab wirbelte fröhlich und plumpste in die Rührschüssel. Daraufhin flogen dicke Teigbatzen durch die Bäckerei, bis die Schüssel kippte und gegen das kleine Glas mit dem Zimt krachte. Dann kippte auch das Glas um, kullerte über den Rand des Tisches und … fiel.

Mit leisem Klirren zersprang das Glas und der Zimt verteilte sich auf dem Boden. Dazwischen lagen Scherben verstreut. Ein zauberhafter Duft stieg auf.

»Den Zümt könnt ihr vörgössen, den kann man nöcht möhr össen«, stellte die Rührschüssel fest.

Paula und Gruffel sahen sich entsetzt an.

»Oh nein! Was hast du getan?«, hauchte die Fee. »Das war's mit der Zauberzutat. Wie sollen unsere Sterne denn jetzt ihre Magie entfalten?«

Gruffel guckte betreten auf seine Füße.

»Ich kann nichts dafür. Du hast mir den Stab aus der Hand gerissen und damit ging das ganze Schlamassel erst los. Und er ist sehr wohl ein Rührgerät!«

»Nein«, sagte Paula.

»Doch«, sagte Gruffel.

»Nein.«

»Doch.«

Am Ende saß jeder der beiden beleidigt in einer Ecke der Backstube.

Der Griesgram schmollte und pupste und kratzte sich und die Fee schmollte, ohne zu pupsen und zu kratzen. Und weil ihr ja wisst, wie schwer es Feen fällt, stillzusitzen und nichts zu sagen, könnt ihr euch vorstellen, *wie* beleidigt Paula war. Als sie schließlich nicht mehr stillhalten konnte, flog sie mit verschränkten Armen zur Tür hinaus. Wenn sie gekonnt hätte, hätte sie auch die Flügel verschränkt. Aber das ging beim Fliegen schlecht.

Kapitel 15

Der Ofen hustet und prustet

»Ja, schwirr du nur ab, Fee«, rief Gruffel Paula hinterher. »Ich kann auch allein backen! Viel besser sogar.«

Er beugte sich über das Rezept und tat so, als würde er lesen. Was er nicht konnte. Dann sah er sich auf dem Tisch um. Der Zucker stand noch da. Der sollte auf jeden Fall in den Teig. Kurzerhand gab Gruffel eine große Portion in die Rührschüssel. Süß ist schließlich leckerschmecker. Und bei den Grießklößchen machte er das auch immer nach Gefühl.

Dann nahm er ein paar Pfoten Nüsse und Mehl und warf ein Ei hinterher. Rühren musste er wieder mit einem Löffel. Doch das Ganze ließ sich nicht so recht vermengen. Deshalb knetete Gruffel den Teig mit den Pfoten zu einem großen, harten Batzen. Zum Glück haben Griesgrame viel Kraft.

»Dör Teug üst haarüg önd möffüg önd keun büsschen flöffüg!«, meldete sich die Schüssel erneut zu Wort.

Gruffel ignorierte ihr Gemoser. »Sag mir lieber, wie daraus jetzt Sterne werden sollen.«

Die Rührschüssel röchelte dramatisch. »Möt den Ausstöchern da drüben.«

Doch so sehr Gruffel sich auch abmühte, die Förmchen ließen sich nicht einmal in den Teig bohren. Also riss er einfach lauter kleine Stücke vom großen Teigklumpen ab und patschte sie aufs Backblech.

Danach leckte er seine Pfoten ab – und verzog das Gesicht. Grießklößchen schmeckten viiiiiel besser, fand er. Aber vielleicht lag es daran, dass das Zeug noch in den Ofen musste.

Entschlossen schob der Griesgram das Backblech in den Ofen. Dann ließ er sich auf seinen Sessel fallen, rollte sich zu einer Kugel zusammen und schlief ein.

Ob das so eine gute Idee war?

Eine Weile hatte Paula wütend Schneebälle durch die Gegend gepfeffert. Nun saß sie im Schilf am Bach und drehte ihren Zauberstab hin und her. »Bist du wirklich ein Rührgerät?«, fragte sie leise.

Röööhr, machte er und ließ seine Spitze rotieren. Das hieß dann wohl Ja.

Der Griesgram hatte also recht gehabt. Trotzdem hatte Paula noch immer eine Stinkwut auf ihn.

Plötzlich tippte jemand sie an beiden Schultern an. Sie drehte sich um. Links hinter ihr stand Smörre, rechts Wilma.

»Wie schön! Ihr seid hier!«, jubelte Paula.

Doch was sie *hinter* ihren Freunden entdeckte, ließ sie zusammenzucken. Qualm! Aus der Richtung der Bäckerei!

»Zupf mich am Flügel!«, rief Paula. »Was hat der Griesgram jetzt schon wieder angestellt?« Sie sprang auf und flog los. Wilma und Smörre folgten ihr.

Dunkle Wolken pufften aus dem Schornstein der Zauberbäckerei.

»Die Rauchwolken hat man bis zum See gesehen«, erklärte Wilma.

»Da wollten wir mal nach dir schauen«, setzte Smörre hinzu. »Wie läuft es denn so mit dem Backen?«

»Ach, fragt nicht«, murmelte Paula. »Der Griesgram und ich haben uns gestritten. Gruffel hat … äh … Das Glas mit dem Zimt, also der Zauberzutat, ist runtergefallen und zerbrochen.«

»Oh-oh«, meinte Smörre. »Das riecht nach Ärger.«

Schon zischten die drei zur Tür hinein und wedelten sich mit den Händen vor dem Gesicht herum. Der Backofen stieß seltsam riechende Rauchwolken aus.

Vor dem Ofen lag der Griesgram und schlief griesgramtief. Zum Glück schnarchte er nur ganz leise – also, für einen Griesgram.

»Wie hältst du das nur aus?«, rief Smörre und hielt sich die Ohren zu.

Wilma dagegen kicherte. Sie schwebte über dem Griesgram und ließ sich von seinem Luftstrom beim Ausatmen hochpusten. Witzig sah das aus.

Paula grinste. Dann wurde sie wieder ernst. »Sagt mal, könnt *ihr* mir nicht beim Backen helfen? Ihr seht ja, dass Gruffel nicht … sonderlich begabt ist.«

Wilma nickte. »Aber erst mal muss das Zeug aus dem Ofen. Sollen wir den Griesgram wecken?«

In diesem Moment hustete und prustete der Backofen. »Achtung, aus dem Weg!«, rief eine rauchige Stimme. Und *schwupps*, spuckte er die Plätzchen mitsamt Backblech aus.

Smörre flog hinüber und roch vorsichtig daran. Er schnitt

eine Grimasse. »Also, dafür würde ich ganz sicher nicht meinen Winterschlaf unterbrechen.«

Wilma stupste die Kekse mit dem Zauberstab an. »Die Dinger sind hart wie Stein. Damit kann man den Tieren höchstens auf den Kopf hauen zum Wecken.«

»Wecken durch Erschrecken«, kicherte Paula. »Na kommt, das können wir besser.«

Damit krempelten die drei Freunde die Ärmel hoch und machten sich an die Arbeit. Zu dritt flogen sie ein Ei herbei und zerbrachen es über der Rührschüssel.

Das Puderzuckersäckchen jedoch war viel zu schwer für sie. Löffel für Löffel schleppten sie den Puderzucker hinüber, dann die Nüsse. Ein paarmal rumsten Paula, Smörre und Wilma in der Luft zusammen und verstreuten die Zutaten überall. Ein paarmal kamen sie auch durcheinander.

»Geriebene Haselnüsse, Löffel Nummer elf«, murmelte Wilma vor sich hin, während sie sie hineinschüttete. »Oder waren es schon zwölf?« Sie legte die Stirn in winzige Falten.

»Den Vanillezucker hast du schon, oder?«, fragte Paula Smörre und deutete auf einen Haufen kleine weiße Kristallkörnchen.

Der Feeerich schlug sich die Hand vor den Mund. »Ich dachte, der Vanillezucker wäre das da?«, sagte er und zeigte auf einen Haufen daneben. »Oh nein, oh nein, habe ich etwa Salz hineingetan?«

Schließlich war alles, was hineinsollte, in der Schüssel. Und auch manches, was nicht hineinsollte. Laut schnaufend stellten sich die drei auf die Feenzehenspitzen und lugten über den Rand.

»Und wie wird daraus jetzt ein Teig?«, fragte Wilma.

Paula erhob sich in die Luft und hielt triumphierend ihren Zauberstab hoch. »Damit!«, rief sie. »Das ist nämlich ein ganz besonderer Stab. Passt mal auf!« Mit der Spitze voran steckte sie ihn in die Schüssel, hielt ihn ganz locker und schon begann er, sich zu drehen. »Flitzespitze, oder?« Sie strahlte.

Die beiden anderen sahen ihr bewundernd zu.

Nur die Schüssel schien weniger begeistert. »Das schmöckt wüderlüch!«, nölte sie und schüttelte sich.

Doch Paula tat, als hätte sie es nicht gehört, und ließ ihren Zauberstab noch lauter röhren und rühren.

Es wurde ein richtig schöner Teig, nicht zu fest und nicht zu weich. Danach kippten sie zu dritt die Schüssel um und hopsten auf der Teigkugel herum, bis das Ganze platt wie ein Pfannkuchen war. Mit dem Förmchen stachen sie Sterne aus und zuletzt brachten auch Wilma und Smörre ihre Zauberstäbe zum Einsatz und verglitzerten die Plätzchen. Wunderhübsch sahen sie aus.

Dann schoben sie das Blech mit vereinten Kräften in den Ofen und warteten.

Nicht lang darauf pufften graugelbe Wölkchen durch die Bäckerei und es roch sehr seltsam. Wieder machte der Backofen seine Klappe auf und spuckte – *pfläh!* – mit lautem Gescheppper das Blech aus. Im nächsten Moment schlug der Griesgram seine Augen auf und rümpfte die Nase.

Kapitel 16
Das grosse Naserümpfen

Gruffel und die drei Feen standen um die Plätzchen herum und beäugten sie. Die von Gruffel sahen nicht schön aus und rochen nicht gut. Die der Feen waren hübsch – und rochen auch nicht gut.

»Möchtest du mal eins von uns testen?«, fragte Paula den Griesgram.

Der schüttelte den Kopf. »Ich weiß ja gar nicht, wie sie schmecken müssen«, redete er sich heraus. »Wollt ihr eins von mir?«

Diesmal schüttelten die drei die Köpfe. »Die sind ja nicht für uns, sondern für die Tiere«, sagte Smörre schnell.

»Stimmt.« Gruffel nickte. »Gehen wir zu den Tieren und lassen sie probieren«, schlug er vor.

Paula gab es nicht gern zu, aber es war eine gute Idee.

Die Hühner reckten neugierig die Hälse, als Paula ihnen ein hübsches kleines Plätzchen hinwarf und Gruffel einen großen, dicken Plätzchen-Batzen. Die vier hielten die Luft an. Welches würde ihnen wohl besser schmecken?

Mit schief gelegten Köpfen guckten die Hühner die

zwei Plätzchen an und pickten daran. Dann gackerten sie empört, drehten sich um und gingen.

»Was ist denn mit denen los?«, fragte Paula.

»Die sind bestimmt noch satt von den Grießklößchen. Das hat nichts zu bedeuten«, grummelte Gruffel, obwohl er sich da nicht so sicher war. Wer sogar Würmer lecker findet, sollte doch Plätzchen lieben, oder?

»Gehen wir lieber zu anderen Tieren«, meinte Wilma. »Am besten zu welchen, die Winterschlaf halten.«

Smörre nickte. »Genau. Wie wäre es mit den Murmeltieren? Die wissen schließlich, wie es riechen und schmecken muss.«

Gesagt, getan: Sie schlugen die Plätzchen in ein Tuch ein und zogen los.

Mit seinem runden Bauch passte Gruffel gerade so in den Bau der Murmeltiere hinein.

Er hielt der schlafenden Murmeltiermutter eines seiner Plätzchen unter die Nase und Paula tat dasselbe mit einem Murmeltierkind. Die Näschen der beiden zuckten ein bisschen, doch sie wachten nicht auf. Also schoben sie ihnen an den Nagezähnen vorbei einen Krümel in die Schnauze. Die beiden Murmeltiere mümmelten kurz. Ihre Nasen zuckten noch mehr, dann rümpften sie sie sehr. Gleichzeitig spuckten sie die Krümel im hohen Bogen wieder aus, schüttelten sich kurz, drehten sich auf die andere Seite und schliefen weiter.

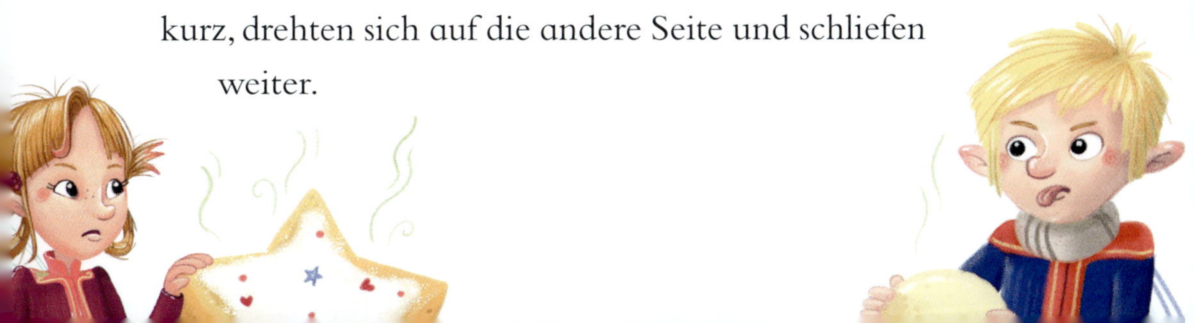

Die drei Feen und der Griesgram sahen sich an, dann ihre Plätzchen. Vorsichtig nagten sie jeweils ein winziges Stück davon ab. Sie knurpsten, schoben es im Mund hin und her, dann kletterten sie schnell aus dem Bau und spuckten draußen ihre Krümel ebenfalls aus.

Jetzt könnt ihr euch ungefähr vorstellen, *wie* grauenhaft die Plätzchen schmeckten: wie Käsefüße mit Entengrütze. Zum Naserümpfen, Auf-keinen-Fall-Runterschlucken und Gleich-wieder-Ausspucken.

Smörre räusperte sich. »Ich … äh … ich fürchte, die waren *alle* nicht gut.«

Wilma seufzte. »Und *ich* fürchte, ihr müsst es einsehen: Backen kann man anscheinend echt nur zu zweit. Und es müssen eine Fee und ein Griesgram sein. Genau wie es geschrieben steht. Und dann ist das mit der Zauberzutat wahrscheinlich auch total wichtig.«

Gruffel sah die Feen betreten an. »Ihr meint, ohne die geht es nicht?«

»Und jetzt?«, fragte zur Abwechslung Paula.

»Jetzt müssen Wilma und ich los.« Smörre klopfte Paula auf die Schulter und Wilma umarmte sie zum Abschied. »Das wird schon«, sagte sie aufmunternd. »Morgen ist ein neuer Tag.«

»Ja, genau«, murmelte Paula düster und sah ihnen nach, wie sie davonflogen. »Der letzte Tag vor Weihnachten …«

Mit hängenden Köpfen trotteten und flogen Gruffel und Paula zurück zur Bäckerei.

»Gibt es *den auch* wirklich?«, fragte die Fee. Was der Griesgram alles wusste! Sie sah ihn bewundernd an. Dann guckte sie schnell weg, damit er es nicht merkte.

Gruffel nickte. »Ja, klar. Ganz am Ende des Tals. Dort, wo die stets verschneiten Gipfel in den Himmel ragen.«

»*Das* soll der Zwerg von einem Berg sein?« Paula war entsetzt. »Nein.« Der Griesgram schüttelte den Schopf. »Das ist nur die Richtung, in die wir müssen. Der Zwerg von einem Berg kommt noch davor und ist deutlich kleiner.«

»Uff«, ächzte Paula. »Das ist gut.«

»Finde ich auch.« Unter seinem Pelz lächelte Gruffel. »Jetzt mache ich uns erst mal Grießklößchen und dann geht's los.« Er stellte einen Topf auf den Herd, aber Paula zog ihn wieder vom Feuer. »Dafür ist keine Zeit«, erklärte sie. »Wir müssen flitziblitzi los.«

Grummelnd warf der Griesgram den Grieß in sein Bündel und sein Bündel über die Schulter. »Na gut. Fertig«, sagte er.

»Momentchen noch.« Paula faltete ihre Flügel klein, um durch die Flügelöffnungen ihres Mantels zu kommen, und faltete sie dann umständlich wieder auf.

Gruffel machte die Tür auf. »Los geht's.«

»Kleines Momentchen noch.« Paula setzte ihre Mütze auf, zupfte ein paar Haarsträhnen heraus und drehte sie sich um den Zeigefinger, sodass sie hübsch gelockt waren.

»Aber jetzt geht's los«, grollte Gruffel.

»Ein klitzekleines Momentchen noch.« Paula schnürte ihre

Stiefel mit einer Doppelschleife. Dann schlang sie sich ihren Schal um den Hals und zog Handschuhe an.

Der Griesgram verdrehte die Augen. »Ich dachte, es ist eilig.«

»Tadaa! Und schon können wir los!«, trällerte Paula und flog durch die Tür. »Wo bleibst du denn?«, rief sie ihm zu. »Weihnachten wartet nicht!«

Der Griesgram folgte ihr mit großen Schritten. »Pffft!«, machte er. »Feenvolk! Trödelig und tüddelig!« Aber irgendwie auch süß. Widerwillig musste er lächeln. Er war froh, dass Paula es unter seinem Zottelfell nicht sah.

Kapitel 18
Durch Eis und Schnee

Draußen war es noch ungemütlicher, als es von drinnen ausgesehen hatte. Es war noch kälter geworden und nun setzte auch noch Schneefall ein.

Paula sauste im Feenflitz los und Gruffel musste zusehen, dass er hinterherkam. Im Tiefschnee war das gar nicht so leicht. Allerdings wurde es Paulas Zauberstab bald zu anstrengend und sie musste selbst fliegen, und zwar im Zickzack, weil die Windböen sie verwirbelten und verzwirbelten.

Die Fee sah sich um. Nirgends war etwas geschmückt und keiner summte Weihnachtslieder. Überhaupt ließen sich nicht viele Tiere blicken. Und die wenigen, denen sie begegneten, hatten schlechte Laune. Am Bach beschwerten sich die Enten schnatternd, dass ihnen kalt war und langweilig. Die Hasen hopsten nicht so hoch wie sonst und ließen die langen Ohren hängen und die Eichhörnchen klapperten mit den Nagezähnen. Nach Feiern war keinem zumute.

Irgendwann sahen Gruffel und Paula gar keine Tiere mehr. Nicht mal mehr Spuren gab es, weil es so heftig schneite. Waren zuvor nur einzelne Flocken vom Himmel gewirbelt, wurden sie nun immer mehr und immer größer. Der Sturm peitschte Gruffel das Fell um die Schnauze und ließ Paulas Mantel flattern. Die Berge am Ende des Tals sahen sie im Flockenwirbel schon lange nicht mehr.

Paula fror ganz schrecklich. Sie hatte kalte Hände, kalte Flügel, kalte Füße und eine kalte Nasenspitze. Eine Weile spürte sie die Nase gar nicht mehr, dann doch wieder. Aber nicht auf gute Weise, denn sie kribbelte und an ihrer Spitze bildete sich ein Tropfen.

Paula schniefte. »Ist es noch weit?«, fragte sie immer wieder.

»Geht so«, grummelte Gruffel. Aber das sagte er jetzt schon seit einer halben Ewigkeit.

Endlich ragte eine kleine, spitze Erhebung vor ihnen auf. Für einen Griesgram war es nur ein Hügel, aber für eine Fee oder einen Zwerg war es eben ein Berg.

»Jetzt ist es wirklich nicht mehr weit«, sagte der Griesgram und deutete auf den Zwerg von einem Berg. »Nur noch da drüber, dann sind wir da.«

Paula legte den Kopf in den Nacken und sah den Zwerg von einem Berg hinauf. Ihr kam er gar nicht zwergenklein vor. »Nur?«, fragte sie und ihre Stimme nahm einen schrillen Klang an. *»Nur?«* Der Wind heulte heftiger und Paula hätte am liebsten mitgeheult.

Sie ließ sich in den Schnee sinken. »Ich kann nicht mehr. Geh alleine weiter. Ich werde krank«, krächzte sie.

Gruffel blickte sie erschrocken an. Er hätte es merken müssen. Erst jetzt wurde ihm bewusst, dass sie schon seit geraumer

Kapitel 20
Der Zimtzwerg

Vor Gruffel und Paula stand ein riesiger Kerl mit einer spitzen roten Mütze und einem langen braunen Umhang.

Paula hatte sich Zwerge immer groß und etwas gedrungen vorgestellt, aber sicher nicht größer als den Griesgram.

Gruffel hatte sich Zwerge immer klein und gedrungen vorgestellt. Doch dieser hier überragte ihn um zwei Köpfe. Er hatte seltsam kurze Ärmchen und unten ragten merkwürdig kleine Füße aus dem Umhang. Nun gut, es musste ja nicht jeder so große Tapser haben wie Gruffel. Aber es wäre schon nett gewesen, wenn der Zwerg halbwegs klein gewesen wäre, so wie es sich gehörte, fand Gruffel. Und noch netter wäre es gewesen, wenn er nett gewesen wäre.

Stattdessen funkelte der Zwerg ihn an. Dann entdeckte er Paula auf Gruffels Schulter. »Was wollt ihr hier?«, knurrte er.

Der Griesgram lächelte, was man unter seinem vielen Fell natürlich nicht sah. »Wir wollten dich um etwas Zimt bitten. Den brauchen wir zum Backen.«

Der Zimtzwerg schüttelte nur den Kopf.

»Aber … ohne die Zauberzutat gelingen die Z-Zauberzimtsterne n-nicht«, stammelte Gruffel. »Und ohne die Zauberzimtsterne fällt Weihnachten für viele Tiere aus. Und für die anderen wird es nicht so schön oder es … es fällt ganz ins Wasser. Und das wäre doch furchtbar traurig.« Der Griesgram hatte immer leiser gesprochen, weil der Zimtzwerg immer böser geguckt hatte. »Oder?«, fragte Gruffel zaghaft.

»Das könnt ihr vergessen!«, grollte der Zimtzwerg. »Den Zimt brauchen wir … äh … ich selber.« Er warf einen raschen Blick auf ein Tischchen hinter ihm. Dort standen sieben Tassen, aus denen Dampf aufstieg, und daneben mehrere Schraubgläschen mit einem hellbraunen Pulver. Der Zimt!

Sonderbar, dachte Paula. Warum so viele? Der Riesenzwerg schien nicht nur unfreundlich, sondern auch sehr, sehr gierig zu sein. Ein klitzekleines bisschen konnte sie das verstehen. Der Zimt hatte ja auch unglaublich lecker gerochen.

Erst jetzt entdeckte sie an einer Wand sieben Betten und dahinter eine halb offene Tür zu einem weiteren Raum. Dort stand in einem großen Kübel ein Baum mit glänzenden grünen Blättern mitten im Winter. Das musste der Zimtbaum sein.

»Du hast doch mehr als genug davon«, nahm Gruffel noch einen Anlauf. »Der Zimt reicht bestimmt für uns alle.«

»Nein, wir … äh … ich gebe nichts ab. Mir ist sowieso ein Gläschen abhandengekommen. Vor zwei Nächten. Wart *ihr* das?« Der Riesenzwerg beugte sich drohend vor und geriet kurz ins Wanken.

»Ach, bitte!« Paula zog die Nase hoch. »Bitte, lieber Zimtzwerg. Es ist wirklich wichtig.«

ihnen wehte ein zaubersüßer Duft durchs Tal. Er schlängelte sich in den hintersten Winkel, in den tiefsten Bau und durch die kleinsten Ritzen. Er kitzelte die Tiere in der Nase, zog ihnen bis ins Herz, weckte selbst die tiefsten Schläfer und lockte sie aus ihren Betten.

Unter einem Holzstoß kam schnuppernd die Nase einer Haselmaus zum Vorschein und in einem Haufen Reisig und Laub raschelte es, ehe verschlafen ein dicker runder Igel hervorlugte. Und dann ging es erst richtig los. Vom Bach watschelten laut schnatternd Enten herbei und Spatzen kamen angeflogen, gefolgt von zwei Eulen. Alle hielten zielstrebig auf die Bäckerei zu.

Wenn das kein Weihnachtswunder war!

Die Hühner hopsten vor Aufregung auf und ab und Paula und Gruffel hopsten mit.

»Kann es sein, dass die zu *uns* kommen?«, japste Gruffel und sah zwischen den Tieren und den Glitzerschwaden hin und her.

»Wie haben wir das gemacht?«, fragte Paula.

»Toll haben wir das gemacht!«, sagte Gruffel.

»Sowieso.« Paula kicherte. »Nein, ich meine: Wie hat das geklappt mit der Magie? Ganz ohne Zauberzimt?«

Gruffel zuckte mit den Schultern.

Paula knabberte nachdenklich an der Spitze ihres Zauberstabs. Plötzlich begannen ihre Augen zu leuchten.

»Jetzt wird mir alles klar, Gruffel!«, rief sie. »Wir haben gedacht, es heißt Zauberzimt-Sterne, dabei sind es Zauber-Zimtsterne!« Sie schlug sich mit ihrer kleinen Hand vor die kleine Stirn. »Nicht der Zimt kann zaubern, sondern die Sterne selbst. Verstehst du?«

Gruffel guckte sie verwirrt an. »Ja … äh … nö«, sagte er.

Paula hob den Zeigefinger. »Der Unterschied«, erklärte sie, »besteht darin, dass der Zimt für den Zauber gar nicht so wichtig ist. Verstehst du jetzt?«

»Öhm«, murmelte Gruffel. »Aber was ist denn dann diese Zauberzutat?«

»Öhm«, machte Paula. Darauf wusste sie auch keine Antwort.

Da raschelte es hinter ihnen. Matschilda war aus dem Feuerholz gekrochen. Der zauberleckere Duft hatte auch sie geweckt.

»Wo kommst *du* denn her?«, wollte Paula schon rufen, aber

dann verkniff sie es sich, denn die Erklärung hätte sicher eine halbe Ewigkeit gedauert.

»Huuuaaa«, gähnte die Schildkröte. Und dann sprach sie – von dem Duft beflügelt – so schnell wie schon lange nicht mehr: »Liiiiiiebe. Ist. Die. Geheimnisvolle … Zauberzutat.« Sie blinzelte. »Das wollte. Ich. Dir. Noch sagen, Paula. Ehe du. Losgezogen bist. Aber mir. Hört. Ja keiner …«

In diesem Moment hoppelte eine ganze Schneehasen-Sippe heran.

»Zupf mich am Flügel!«, quiekte Paula. »Wir müssen ja noch schmücken, Gruffel. Und zwar flitziblitzi!«

Damit machten sie kehrt und stürmten zurück in die Bäckerei.

Paula ließ den Zauberstab wirbeln und begann, alles zu verglitzern, und Gruffel richtete die Plätzchen hübsch auf einem Teller an.

»Zu«, sagte Matschilda, als bereits die ersten Gäste eintrafen.

Kapitel 24
Weihnachtsduft liegt in der Luft

In diesem Jahr war das Fest so groß wie nie zuvor, weil der köstliche Plätzchenduft aus der Zauberbäckerei Tiere von nah und fern angelockt hatte.

Igel kamen, Familie Fuchs und Familie Dachs, die sieben Siebenschläfer, die Biber, jede Menge Eichhörnchen, Haselmäuse, Feldhamster und natürlich durften auch die Feen nicht fehlen.

Als eine der Letzten landete Eni in der Backstube.

Als sie Gruffel entdeckte, versteckte sich die klitzekleine Fee schnell hinter der alten Alva. »Feiert der Griesgram auch mit?«, fragte sie mit bebender Stimme.

Paula nickte. »Natürlich.«

»Aber er ist gruselig und grässlich zottelig und grimmig und grrr«, flüsterte Eni.

»Und er müffelt«, warf Alberich ein.

»Nein!« Paula warf einen Blick zu Gruffel hinüber, der am Herd stand und Grießklößchen kochte. »Guckt ihn euch doch nur mal an, wie nett er aussieht: grießgolden, niedlich

zottelig und wunderweich, gerade recht zum Kuscheln und Wuscheln. Und er riecht nach …« Sie überlegte. »Nach Grieß und Wärme und Wolle und Zuhause. Gruffel ist schon *grrr*, aber *grrr* wie großartig!«

Eni guckte unentschlossen und da nahm Paula sie an der Hand und flatterte mit ihr auf Gruffels Schulter.

Und dann ging die Feier richtig los. Geschenke hatte keiner dabei, aber das machte nichts. Sie futterten erst Grießklößchen und dann Eicheln und Nüsse und getrocknete Beeren und Wurzeln – was die anderen eben alles mitgebracht hatten. Nur an die Zauberzimtsterne wagte sich niemand so recht heran.

Nach dem Essen zerrten die Biber die kleine Tanne herein, die Paula umgeniest hatte, und nagten daran herum, sodass es wunderbar waldig duftete, und die Eichhörnchen spielten Fangen. Die Feen ließen mit ihren Zauberstäben die aufgemalten Brombeerranken an den Wänden aufblühen und veranstalteten ein kleines Funkelfeuerwerk und der Ofen prasselte und die Rührschüssel rülpste leise.

Dann sangen sie zusammen Weihnachtslieder und Paulas Zauberstab röhrte im Takt dazu und Smörre und Wilma spielten Trommel auf dem Tisch und den Backformen. Die übrigen Feen tanzten durch die Luft, die Tiere um den Tisch und die Hühner rannten gackernd kreuz und quer umher.

Später durften die kleinen Tiere und Feen auf Gruffels Bauch liegen und ließen sich auf- und abwiegen. Die anderen kuschelten miteinander und manche kitzelten sich.

Die alte Alva erzählte eine Geschichte und Eni verglitzerte Matschildas Panzer. Anschließend bestand die Schildkröte darauf, auch eine Geschichte zu erzählen, weil sie schließlich die Älteste hier war. Nach dem dritten Satz schlief sie jedoch mitten drin ein. Weil. Es. Sehr. Langatmig … war.

Die Wichtel in den Wänden schoben sich zur Feier des Tages die Mützen ein klitzekleines Stück aus dem Gesicht, lächelten sich verstohlen zu und schauten dann schnell wieder weg.

»Was meint ihr?«, raunte einer. »Sollen wir versuchen, einen Teil des Zimts wieder einzusammeln?«

Sich um die Zutaten zu kümmern war schließlich eine ihrer wichtigsten Aufgaben. Und nun war die Luft draußen wieder rein. Kein Schneesturm tobte mehr und die Tiere drängelten sich alle in der Bäckerei. Allerdings liefen sie Gefahr, sich gegenseitig ein bisschen zu sehen …

Doch da auch sie von dem wunderbaren Weihnachtsduft bezaubert waren, nickten sie sich zu und legten los – natürlich erst, als sich die Dämmerung über das Brombeertal gesenkt hatte.

Als sie genug zusammen hatten, klopften sie an der Bäckerei und verschwanden dann im Handumdrehen in den Ritzen des Gemäuers.

Gruffel öffnete die Tür und entdeckte davor nichts als ein kleines Tellerchen mit Schnee, der an manchen Stellen zimtbraun war. Verwundert guckte er nach links und rechts. Doch da war niemand.

Er schnuffelte daran, dann lächelte er und rief: »Hurra, neuer Zimt ist da!«

Sofort drängten Feen und Tiere sich darum und Paula hatte eine wunderbare Idee: Sie machten sich endlich über die Plätzchen her und tunkten sie in den Zimtschnee ein! Eine Weile war es ganz leise in der Bäckerei und man hörte nur andächtiges Knurpsen und Schmatzen.

Paula und Gruffel lächelten sich an. Was für ein wundervolles Fest!

»Und jetzt will ich kuscheln«, sagte der Griesgram zu ihr.
»Und ich will wuscheln«, sagte die Fee zu ihm.
Und das taten sie dann auch.

Gruffel streichelte ihren Kopf und beschloss, von jetzt an nie wieder ein Weihnachtsfest zu verschlafen, sondern immer mit seiner Freundin Paula zu feiern.

Und Paula atmete seinen Grießklößchenduft ein, kraulte ihn am Bauch, bis Gruffel *grrrr* schnurrte, und dachte, jeder sollte einen Gruffel haben!